不可否认，当我们感叹于大自然的鬼斧神工，当我们激动于艺术家们的奇妙作品时，正是它们的造型在最初的一瞬间打动了我们。从自然的现象到人工的形式，从为满足需求的形态到美化生活的设计，随处可见的造型成为我们认识美丽世界的开始。艺术家们从感悟大自然的奇妙造型中得到灵感，奉献出凝聚着创意的作品，从而将设计引入了人们的生活，使得各种造型本身充满了灵动的意味。

造型设计（MODEL DESIGN）也称造型艺术，即用一定的物质材料以一定的表现技法，创造可视的平面或立体形象。这一名词源于德语，18世纪德国文艺理论家莱辛最早使用，也称"空间艺术"、"视觉艺术"。随着社会的不断发展，造型艺术不再以阳春白雪的姿态出现，而是大大地拓展了其范畴，更多地介入人们的生活当中。

作为现代设计的组成部分，造型在设计中的作用举足轻重。造型设计不仅需要解决功能、结构、材料、色彩、装饰、制造工艺以及形态等方面的问题，同时也与社会、经济、文化以及人的生理、心理等各方面因素密切相关，由此可见，造型设计是一门内涵广阔的学科。造型设计的种类从空间结构上区分，有立体、平面的造型设计；从对象种类上区分，有工业产品、纯艺术品甚或于人的造型设计；从功能上区分，有侧重于宣传、保护或美观等功能而做的造型设计……林林总总的内容，为现代设计师研究造型设计理论、探索造型设计方法提供了广阔的空间。然而，对现代造型设计的研究却与高速发展的现代设计理念不相匹配。造型设计研究起步较晚是一个不争的事实，同时也存在着研究较片面、学术深度不足等弊病。我们从众多设计师造型设计研究成果的基础上，尝试做更进一步的拓展和探索，从视觉艺术的角度对造型设计的功能、美学和风格特征以及相关的人文因素进行分析，力图使造型设计的研究更全面和更具艺术性。

《现代设计造型丛书》由多位长期致力于现代设计理论研究并具有丰富教学实践经验的学者主导编写，对设计造型的研究做了有益的探索，提出了一些新的见解。在编写过程中注重学科前沿性、理论创新性，同时，采用深入浅出的方式，以使设计理念能真正融入到人们生活的方方面面。

本套丛书表现的是研究的过程和创新的成果，期望能对现代设计造型的研究带来些许裨益，以期达到抛砖引玉的作用。对于一些不足和欠缺之处，欢迎有识者的讨论和指正。

事实上，我们期盼着更多更深入地对设计造型理论的探索和讨论。是为序。

编者写于广西艺术学院

2007年元月17日

目录

01　前　言

装饰的概念及其造型的起源

装饰的意思是在物体的表面附加饰物使其美观。装饰在人类社会早期就已经存在，人类自从原始思维诞生之始，就有了美化自己的身体或环境的欲望，即使在刀耕火种的原始时代，人们也采用了在身体上涂抹颜色和绘制图案，在身体上挂围野花、藤草、贝壳、骨头等方式吸引异性，满足自身的快感或恫吓敌人。这些是原始的本能的审美观念的流露。许多少数民族服装，在袖口、衣肩等易磨损处都有各种刺绣、绗缝等花纹，起到了保护服装的作用。而一些原始先民，在进行狩猎活动时，为了隐蔽自己不让动物发现，也常常在身上涂抹上一些纹样以迷惑对方。

原始人类无力改变自然，认为事物是由他们的祖先或神灵决定的，因而将某些与祖先或神灵或与本民族存亡关系密切的东西视为自己的膜拜对象，并希望凭借它们力量的庇护使本民族平安兴旺，久而久之就形成了图腾神物。由于人类早期无法掌握文明人所具有的写实能力，他们模仿自然界某种生物的形象，经不自觉的抽象概括等方式形成了现代人所说的装饰图案造型，这种图腾的装饰图形带有明显的民族标记。

关于装饰的起源还有各种各样的学说，由于历史的久远，人们不可能一一去证实，但是，在原始部落中，装饰纹样是"除了是一个部落的标记和宗教的象征，同时也可以是装饰的这个事实"，人们对原始装饰艺术的多层面的考察，无疑可以丰富我们对装饰艺术的理解。但是，习惯上认为"装饰"就是对物体表面的修饰与完善，只是物体的点缀和附属，认为装饰造型只是一种唯美的形式或图案化的立体表现，这种看法是不全面的。装饰造型是社会意识、信念和审美观念的反映，也是艺术表现的一种方式。装饰的概念从广义上讲，它是一种文化、艺术现象，具有社会学和美学上的意义，是人们精神生活、意识形态的产物。从狭义上讲，装饰是有附属的物性，但这种附属，含有一定的精神性，承载的是文化的精华。因此不

造型手段极为原始朴素的部落纹身

能简单地把装饰视为物体的点缀和美化。

通过造型形态表现出来的装饰艺术，具有以下功能：

（1）审美功能：装饰造型能够创造审美价值，能使人们产生视觉和心理上的美感和愉悦。

（2）调节功能：装饰造型可以在环境中起到调节比例、协调局部与整体的关系的作用。

（3）突出和强调功能：装饰艺术通过造型语言，能够使主题或某种文化含义突显，给人以深刻的感染。

（4）符号与标志的功能：造型形态往往是文化与信息的载体，反映和标志了时代的精神。

表号化、符号化了的原始图案

安全是人类基本需要之一，原始部族的夸张装饰，正是源于这种使自身感觉威武，并起到恫吓敌人和野兽作用的对安全的心理需要。

人类早期的装饰图案造型，往往极为简洁抽象。

日本长野县高原美术馆雕塑作品

现代装饰雕塑的其中一个重要造型特点是充分发挥了团块构造的魅力

陶艺作品 李明炅

国外环境雕塑

木雕 谭殿峰

国外环境雕塑

木雕 陈昭升

木雕 陈昭升

在大的团块形态下，各种肌理手段的运用，丰富和加强了作品的艺术感染力。

现代设计造型丛书 +装饰设计造型

02 现代装饰造型特点

现代装饰造型反对传统观念，并试图打破实用艺术与纯艺术之间的界限，为传统意义上的装饰艺术筑造了一个崭新的发展空间。

现代装饰艺术以创新的观念、独特的创意、丰富的造型形式和精湛的制作技艺不断地探索并发挥装饰艺术的最大表现力。

现代装饰艺术强调视觉享受和审美价值，不以具体的实用功能为最高目标，强调艺术家个性的表现，注重作品肌理和材质效果给人的视觉美感和强烈的刺激。造型形式也多元而富有表现力。

现代装饰造型，无论是造型思维，还是造型形象、表现技法，都显现了与传统装饰造型的不同。

现代装饰造型方法中的块与点的重复构成

现代装饰造型方法中的粗线条的重复构成

现代装饰造型方法中的块的随意组合构成

1. 装饰造型构思思维的多样性与独创性

现代装饰造型可以从不同的角度去思考造型的设计方案。比如对同一动物或花卉的造型，分别运用点、线、面等不同元素进行形象处理，造型方案可以多样化。现代社会节奏的加快，商品的迅速推陈出新，也从客观上要求了现代造型思维的多样性。现代社会装饰艺术已经不再可能像传统的装饰艺术一样精雕细琢，而往往要求花样的翻新，这也是现代商业文化迅速取代传统工艺文化的表现。

2. 现代装饰造型形象特点

现代装饰造型形象的特点是简洁、单纯、概括。现代装饰造型形象受到当代商业文化趣味的影响，已经不再像传统装饰造型那样繁复，而转变为适应当代审美趣味的简洁、单纯、概括的形象特点，这也是顺应了商业传达的要求而作出的形象变化。但现代装饰的形象简洁而不简单，简洁的造型蕴涵了丰富的意义，而且现代装饰造型的形象经过现代构成的方式组织组合变化，画面整体效果往往可以更为复杂和丰富。

3. 现代装饰造型表现技巧

造型之美，很大程度上是依据材料与技术的运用，在素材与技术的配合中创造出新颖。精到的表现技巧，不但使造型形象更为鲜明突出，而且使作品整体更为丰满，意义更为丰富，现代装饰造型的表现技巧更为丰富多彩，材料更为多样化。如平面装饰造型，除了传统的手工绘制的各种方法，电脑技术的运用，为设计师提供了更为丰富的表现技巧。各种绘图软件如Freehand、Illustrator、Photoshop等，既可以创作出全新的造型形象，又可以对原有的装饰造型予以多种诠释，特别是在表达重复、换色储存等方面，具有以往手工绘制不可比拟的表现优势。在立体的装饰造型方面，装饰雕塑等立体装饰造型，则充分发挥了材料与材质的特点。科技的发展使各种新材料的应用成为可能，大大丰富了装饰造型的表现力。

陶艺作品 唐轶佶

日本长野县高原美术馆雕塑作品

现代装饰造型元素

4.装饰造型的语言特征

装饰造型是来源于自然，但不是单纯地对自然的抄袭模仿，而是运用内在的美学法则进行再创造。概括、提炼、夸张和变形，是装饰造型常用的表现语言法则。

①概括、提炼

装饰造型注重形式的变化，追求大的动势和简洁明快的形象所产生的视觉美感，因此，概括、提炼是装饰造型的语言特征之一，它是指对自然形态形象从审美的角度将最具有特征和个性、最具感染力的美感因素进行取舍和归纳，将其简化为单纯、明晰的造型形态，从而构成其造型的基本元素和审美特征。它是将自然形态升华、加工、提炼，成为形态的过程，是装饰造型的基本手法。

②夸张、变形

夸张、变形是在"概括、提炼"的基础上强调和突出其语言特征，使造型出现超乎一般的效果。夸张、变形不是随意乱为的结果，是主观感受和情感表现需求在作品上的转化，是从"自然真实"到"艺术真实"的升华，源于大胆浪漫的想象力，是创造性的才华与智慧的表现。与纯艺术作品不同的是，装饰造型的夸张和变形以美为原则，夸张和变形使造型形态更美、更富艺术感染力。

国外装饰性插图，造型夸张，极富想象力。

国外装饰性插图，造型夸张，拟人化。

③节奏、韵律

装饰造型强调形式的美感，运用排列、交叉、重复、渐变等方式，进行疏密、长短、强弱、繁简等各种视觉形式的交替出现和组合，形成或静或动，或崇高或优美的韵律与节奏，形成节奏分明、律动起伏的形式美感。节奏、韵律，是装饰造型的美学基本原则，从视觉效果到文化内涵的表现，都离不开造型的节奏与韵律的表现。

④程式化

装饰造型的另一个特征就是程式化的艺术语言表现。程式化就是在某种规律的制约下形成一种规范和程式。如诗歌有格律。程式化的艺术语言并非是对装饰造型的制约和局限，而是大众审美和艺术语言的最佳结合，使其不至于像纯艺术那样脱离大众品味而又使创造性得到最佳的表现。

点、线、面、曲、直、三角形、圆形等视觉元素，都有着习惯性的审美和心理特征，熟练运用这些程式语言，能使造型艺术更具感染力。

造型单位分解

从以上几张国外插图作品我们可以看到，所谓程式化就是一种图案规范或形式，上面几幅国外装饰插画，就是以单纯概括的几何图形，如方、圆、三角形等，作为图画造型的基本形式，并重复使用以获得节奏感。

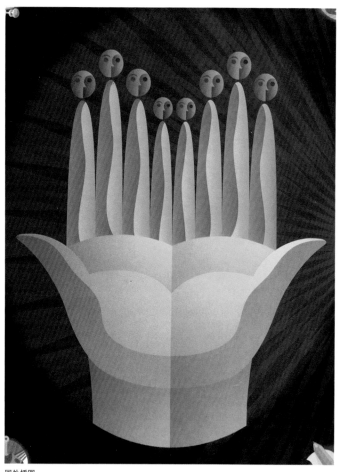

国外插图

国外插图

木雕　谭殿峰

木雕　罗敏婕

木雕　李明炅

　　与11页图例不同，上述几件作品，程式化的基本元素不再是几何硬直的图形，曲线图形，手工制作的不规则图形。作为程式化元素综合运用，使作品更具人情味。

局部造型的拉长，使作品别有韵味

西班牙舞　铜　罗伯特·哈马斯（美国）

陶艺作品　陈韦帏

《永恒》罗伯特·鲍尔（美国）　现代装饰雕塑造型方法的挖与切

装饰雕塑造型可以采用如拉伸变形等种种手法。

03 装饰造型的基本分类和表现方法

1.装饰造型的类别

一、装饰造型大致可分为三大类，即具象造型、抽象造型和综合造型。

①具象造型

具象造型是自然存在的事物或人造事物的真实写照，是人从现实中物体外形模仿而来的，具有接近生活、接近自然的特点，是装饰造型的源泉。人们在感受自然形象时转化为精神意象，产生特定的意识状态和审美反应，但具象造型并非是对自然形象的照搬照抄，而是要经过一定的概括、抽象等处理，反映出物体的外形特征。

国外插画，在具象基础下的夸张

国外装饰插画，具象的造型但不限于具体的现实。

陆红阳作品　造型简洁略为夸张。

《牛》瑞士街头雕塑。具象的形（牛身）与抽象的形（建筑，人物等）的结合，能创造出梦幻般的意象。

具象不是照抄照搬对象，要经过概括提炼。

《拿锤子的人》 钢 乔森纳·博罗夫斯基（美国）　　　　　　　　　德国法兰克福环境雕塑

　　"大象无形"指的是至高至美的艺术形象，往往不限于某种具体局限的形象，为了艺术表现的需要，可以采用剪影、概括等方法，将烦躁的细节略去，更利于表现作品精神意境这个"大象"。

　　②抽象造型

　　抽象造型往往是从具象造型中概括抽象出来的，或以比例、数据、黄金分割等理性要素作为基本形式法则创造出来的，反映了具象形象所具备的共同特征或数理的秩序美。如人们从日月抽象出圆形，从山的形象抽象出三角形，从水波纹抽象出波浪曲线等。抽象造型，是对自然造型的形、色、虚实、节奏、强弱等因素的理性分析和概括。

　　抽象的装饰形式，往往更强调形与形的组织关系，强调重复、节奏等视觉效果。

《山楂树》 铜 艾萨克·威特金（美国）

卢森堡街头雕塑

德国法兰克福展览中心广场雕塑

《公鸡》 布朗库西（罗马尼亚）

在现代装饰造型中，造型形态是相当丰富的。

《开铝》 日本札幌雕塑公园 Raimo

木雕 何巧

外国环境雕塑

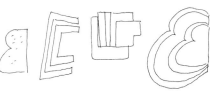

造型元素

简练的造型元素，经过不同方式的组合，形成形态丰富的现代装饰雕塑。

③综合造型

综合造型是将自然造型与抽象造型有机结合的造型方法，形成理性与浪漫、情感与严谨的丰富的视觉统一的效果，同时，综合造型在和自然形象的似与不似之间，显示出独特的格调。

造型元素 造型单位分解

现代装饰画的造型元素也非常简练，但非常讲究画面的组织形式。

国外环境雕塑　　　　　　　　　　国外环境雕塑　　　　　　　　　《瓶子》 克拉斯·奥登伯格（美国）

国外插图

造型元素

二、装饰造型的基本方法

从自然形到装饰形，从具象形到半具象形，直至抽象形，这些都是装饰造型的一般过程。在塑造形象这一过程中，要灵活运用各种方法，才能得心应手地创造出各种形象，常见的装饰造型方法有省略、添加、夸张、条理、移位、几何法和适合法等。

省略法顾名思义是删繁就简，省略局部和细节，以加强整体的形象感。它是装饰造型的基础，其他的如归纳、添加、条理等方法，一般都是在概括省略的基础上进行。省略可以使复杂的造型变为单纯的易于把握的造型，为其他方法的运用创造了条件。省略的程度各种方法有一定的差异，有的在写生的基础上略作简化，有的只勾出形象的大致轮廓。现代装饰的造型特点是形象的简略，许多造型形象往往只由几个抽象几何形构成。

添加法是在造型形象经过适当的省略和整理后，根据造型构思或构图需要，在形象上添加装饰纹样，使形象更美，更丰富，更具有装饰性。一般来说，可以把形象本身就简略的内容，如动物纹样、服饰图案等，经过提炼进行放大、添加。也可以运用谐音、寓意、联想等构思赋予形象以新的含义和意境，增加装饰趣味，如民间年画和剪纸，常在鱼身上添加莲花、荷叶，不仅使鱼的造型更富装饰性，而且还寓意"连年有余"。还可以从形式美的要求出发，给形象添加抽象的点、线、面和各种图形等。

省略法

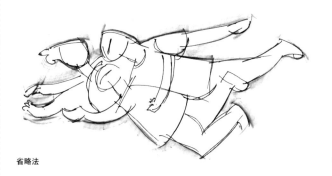

省略法

添加法

添加法　　　　　　　　　　　　　　　　　　　　　　　　　　　添加法

　　夸张法则是对造型形象中的某一方面的特征进行明显的夸大的一种变化方法，通过合理恰当地取舍，进行加与减、强与弱、夸大和缩小等处理，以达到鲜明生动、趣味十足的强烈效果。其具体方法可以有局部夸张、整体夸张、透视夸张、神态夸张、动态夸张、纹样添加夸张和适形夸张等各种方法。就如图中的"美人鱼"，在设计时，作者是以儒艮为原形，将它体态丰满的特征加以夸张强调，以突出儒艮肥满可爱的形态。

夸张法

夸张法

动物拟人法夸张造型　旅游品设计草图　陈建勋

条理法则是对复杂纷繁的生活素材进行修整，使之统一整齐的方法。这种方法可以在省略法的基础上，对构成形象的点、线、面进行有条理的整理，强调统一和规则，给人一种有秩序的美感。具体地说，就是将不整齐的形象组织得更加整齐，将繁杂具体处理为简练概括，将不匀称的东西安排得更加匀称。条理法则的另一个方面，是构图排列上的条理化处理，也就是将单一的造型作反复排列产生很强的条理化美感。

移位法则是将造型形象的各个局部进行分割移位，重新组合成新图形、新形态或新结构，使之产生新的视觉效果。其具体的作法可以有规则性的移位和自由分割移位等各种方法。移位重组的新形态，有的能看出原形的影子，有的却看不出原有的具象形态。

移位法　陈建勋

条理法

几何法则是把自然形象概括成较为抽象的几何图形，然后通过各种图形的大小、长短、方圆、曲直来进行造型，这种方法具有抽象的形式美感。

国外插画

国外插画

国外环境雕塑

适合法往往是应用于某个建筑、物品的，具体变化时，要将自然形适合于客观需要，这是一种被动的适合，但只要在即定的环境内造型安排得当，也能创作出具有独特视觉魅力的作品。

装饰造型的方法多种多样，具体使用时不必拘于某一种方法，可以几种方法综合使用，但要注意的是画面风格和视觉效果的统一，不能使各个部件脱节或风格不相吻合而破坏整体美感。

04 装饰素材的收集与造型的设计

装饰造型的创作来源于素材的收集，只有深入生活，通过写生、默写、记忆、感受来体会形象的特点和美的规律，才能创作出富有美感的造型。

1. 素材的收集

现代社会收集素材的方法多种多样。可以通过写生、摄影、因特网下载、临摹和记录书籍、展览的信息资料来收集，收集到的资料应进行分类归类，以便需要时使用。

2. 写生和变化归纳

写生有速写、慢写、素描、白描、淡彩、水彩等各种方法。摄影的照片和网上收集的资料，也要经过写生才能得到形象，写生的工具有铅笔、炭笔、钢笔、圆珠笔、毛笔、水粉笔和各种画纸颜料。经过多次的写生练习，客观描绘物象已经不再困难，但要将写生稿转换成新的形，变为美的装饰造型，这就需要进行变化和归纳。写生的时候不能看一笔画一笔，要意在笔先，带有主观的装饰意图去进行写生，主观的成分可以多一些，图形可以抽象一些，通过这种有装饰意图的写生去培养装饰造型的灵感。

大自然的许许多多形态其实早已具有美的因素。我们把这些美妙的图形加以归纳和抽象排列，就可以得到许多新的造型。不断地深入理解，不同角度的归纳，都会得到不同的造型。去繁从简，在有限的空间里简约充分地表现物象的特征，从写生进入到归纳，从模仿进入到创造，归纳的过程也就创造了新的装饰造型。

步骤一：人物写生

步骤二：通过概括得出造型，再将造型组合

步骤三：给图形填充颜色

线描写生　作者佚名　　　　　　　　　　　　　线描写生　作者佚名

从写生中抽象概括出形象，是装饰造型的基本方法之一

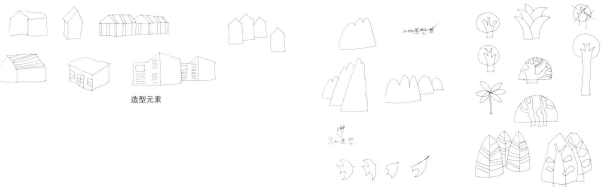

造型元素　　　　　　　　　　　　　　　造型元素

3. 装饰造型的要求

装饰造型要求具有单纯性、秩序性、平衡性、和谐性的特点。

要使自然物象成为平面形，必须改变三维视角的透视，面采用全正面、正侧面、全底面、全仰面、展开及影像面的透视法，一幅装饰图形中可以采用一种透视面，也可以是几种透视面的结合使用。如古代埃及的壁画、雕塑，人头像是正侧面的，身体是正面的，组合在一起，形成独物的装饰效果。造型的平面化，使形象更为单纯、简洁、概括、醒目。

装饰造型要比客观的自然物象概括简练、抽象，造型设计要对自然丰富多变、繁杂丛生的形态进行单纯化地梳理和归纳。注意在物象的特征基础上，尽量简化，去除繁琐的结构和外形，抽取自然物象的共同特点，组织和统筹画面。单纯不是简单，画面的节奏、形象的结构、点线面的组合关系都要反映在其上，单纯性来源于自然，而又升华于自然。

国外插画

动物装饰造型　陆龙阳作品

装饰画　陆龙阳作品

秩序性是指装饰造型的轮廓线条等整齐而有条理，在画面中的各部分形成井然有序的分布和疏密对比关系。图形的秩序性是由画面的构成组织和安排产生的规律性构图模式决定的，同时采用统一的形式感去表现造型，也是形成秩序的另一个方面。

造型的平衡性是指图形中的形、黑白关系在相互调节下形成重量感的一致，保持视觉的稳定静止关系。平衡性是装饰图形造型最典型的特点，分为绝对平衡和相对平衡两种，对称的人物植物等都是绝对平衡的例子。相对平衡则要把握好图形的重心、动势和疏密关系。

和谐性是指画面中的各部分造型特点上的整体感和统一感，一幅装饰绘画中的造型可以是丰富多变的，但其在风格上应统一，不能出现形和形的风格与感觉相互冲突的现象。

此外，对于装饰绘画、浮雕等装饰艺术，其造型的一个重要特点就是平面化。即忽略浮雕造型的三维透视等特征，而取代之以二维的轮廓和平面式的散点透视，注重底图的互补关系。

装饰造型设计时要注意上述要求外，还应充分考虑到造型的整体与局部的关系，如大小、粗细、长短、材质肌理对比等；造型局部与造型局部的关系，如比例、位置；造型整体与周围环境的关系，如比例、空间等。造型应遵循粗中有细、有主有次、曲直结合的原则，使形象丰富而有感染力。

日本长野县高原美术馆雕塑作品

国外装饰雕塑

日本东京都儿童剧场前雕塑

05 装饰造型中的点、线、面与黑、白、灰

点、线、面是造型艺术最基本的语言和单位，能够表现不同的性格和丰富的内在含义，它在造型艺术中的抽象意味，能赋予造型艺术以内在的本质和超凡的精神意象。

1. 点在造型中的作用与变化

点在装饰造型中既有位置也有大小的变化。它的大小、轮廓千姿百态，各具特色，面积虽小，却蕴含着强劲的表现力量，合理的运用不但使造型引人注目，而且还能充满美的韵味。在装饰造型中，规则的点的组合使用可以使形象产生统一、秩序的美。不规则的点的使用可以使形象产生运动、变化的视觉美。点的使用还能适应造型中各种形象复杂而细腻的美，从而产生丰富的视觉层次。

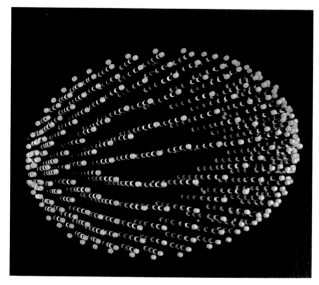

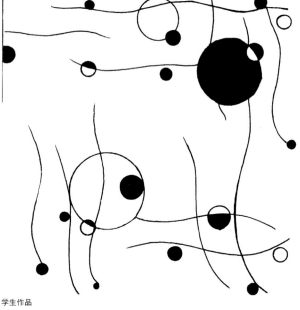

学生作品

现代设计中点的运用

陶艺 李名炅

陶艺 农 伟

陶艺 农秋梅

陶艺 农 伟

国外环境雕塑

2. 线在造型中的作用

线在造型中具有位置、长度、宽度和高度的概括性与方向性，是造型要素中最基本，也是最重要的元素之一。线可分为曲线、直线两大类。各种线条给人的感觉也各不相同，直线让人产生有力、单纯、光明、平稳、向上等感觉；曲线给人幽雅、活泼、运动、圆润、弹性的感觉。它单独使用和混合使用都构成形体和影像。我国传统的造型艺术，十分注重对线的研究与运用，如中国画中的钉头鼠尾描、铁线描、曹衣描等十八描，都是对线的毛笔痕迹形状的研究。新石器时代彩陶装饰线条的饱满与生动，战国时代用线的流畅与飘逸，秦汉时代用线的古朴与雄健，唐宋的圆润与生动，明清的繁缛与柔美，都是用线艺术的典范。中国传统造型艺术用线方面的成就即传统造型艺术的精华，很有必要予以研究和发扬。

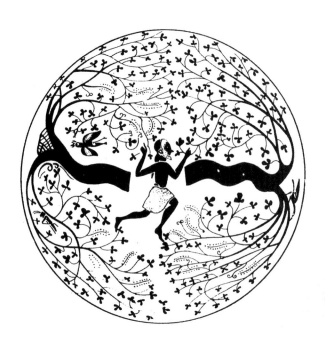

学生作品

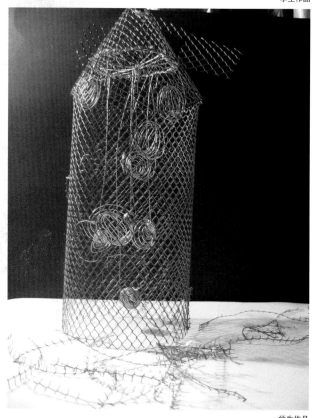

线的形态语言丰富，情感表达能力强，在现代设计中运用广泛。

学生作品

《淡紫色的纹章》 贝尔纳（法国）

德国法兰克福展览中心广场雕塑

现代设计造型丛书 + 装饰设计造型

XIANDAI SHEJI ZAOXING CONGSHU · ZHUANGSHI SHEJI ZAOXING

3. 面在造型中的作用

在造型艺术中，面具有概括、鲜明、简洁、强烈的视觉效果，富有情感含义和审美情趣。实的面往往给人以量感大、有力度的感觉。虚的面给人以轻松、无量感的感觉，一般用来衬托实的面。但无论是实的面或是虚的面，都是在同一画面空间中相互依存的不可分割的两种形态。实的形与虚的空间的分割，成为造型中互为契机的结合体。面在造型中一般和其他视觉要素搭配综合使用。面在造型中占的比例不同，造型显示的视觉效果也就各有不同，如以面为主体的造型，以点或线辅助，则造型显得响亮、凝练、朴素而不失丰富。

《足球》 毕加索（西班牙）

《四棵树》 让·杜（西班牙）

《母牛》 卡尔德（美国）

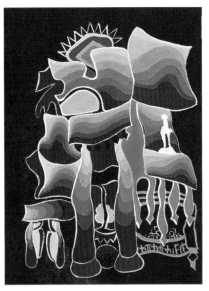

国外抽象绘画

国外插图

点、线、面的形态属性有其自身的独立性，同时又是不可分割、相互存在、相互衬托、相互对比和谐的。在设计装饰造型时，我们可以通过处理好点、线、面在整个造型中的关系，来创造出许多独立的视觉效果。

4.黑、白、灰在造型中的作用

黑、白、灰也是造型的要素。在装饰造型中，黑、白、灰具有高度的概括性与取舍性。由于黑、白、灰在造型中的比重不同，也就造成了造型形象的丰富的视觉效果和心理反应。如造型中采用了较多的白色元素，造型则显出活泼、明亮、高贵、轻飘的特点；采用较多的黑色元素，则显得雄大、朴质、庄重、压抑。黑白对比强烈则显得刺激、响亮、明确；灰色较多则显得柔和、优美、丰富、典雅。造型中的黑、白、灰的结合，能够使造型更加丰富，并充满不同的视觉魅力。

黑白关系可以说是决定画面的造型、构图等的基本结构元素。

国外插图

造型元素

色彩的黑白关系可以说是造型的关键。

国外插图

工笔重彩装饰绘画 李明伟

国外插图

06 色彩在造型中的作用

在造型艺术中,色彩的作用是十分重要的。色彩给人更多的是第一印象和感情特征。俗话说:"远看颜色近看花。"色彩往往比图形更具有先声夺人的效果。色彩的运用有其复杂而微妙的规律,在造型中,可以起到平衡、丰富层次和赋予造型以心理意味的作用。

一、色彩对造型的平衡作用

造型中的各个面、线、形象,可以通过色彩的轻重、冷暖等关系来调节平衡,如造型面积小的面,重的颜色可以使其感觉较有重量。轻快的颜色使大面积的造型显得较为轻快。装饰艺术往往通过色彩的调节来获得视觉上的平衡。

色彩可以起到平衡画面构图的作用。

《伦数》 Offo Rigan（美国）

日本立川市环境雕塑作品 彦板尚嘉

色彩可以起到活跃造型的作用。

二、色彩与造型的层次

　　不同的色相、冷暖、纯度的色彩，具有不同的视觉进退功能。不同色彩的相互搭配，使图形造型层次或相互映衬，或相互对立，而出现丰富的层次，丰富了视觉效果和审美意味。

　　色彩可以丰富造型的层次。

凌 玲

凌 玲

国外插图

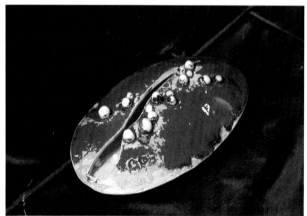

瓷器 谭殿峰

国外插图

色块的运用使造型更加丰富。

国外环境雕塑

三、色彩心理与造型

各种色彩都具有不同的视觉心理和审美心理。色彩能够赋予造型以这些心理和审美特征，使造型的意义更加丰富和明晰。

郭文慧

郭文慧

郭文慧

郭文慧

国外插图及其造型元素分析

日本长野县高原美术馆雕塑作品

日本三鹰市市民文化中心装饰浮雕

《欢乐》 卢森堡街头雕塑 尼克德·圣菲勒（法国）

《卫士》 卡尔德（美国）

色彩在现代装饰雕塑中运用，可以赋予造型以不同感情。

现代设计造型丛书 ｜ +装饰设计造型

07 装饰造型的材质与肌理

　　肌理是客观存在的物质表面形式。任何一种材料的"质"都必然有其物质的属性，不同的"质"有不同的物质属性，因此也就有其不同的肌理形态。材质表面的粗糙或平滑、光亮或暗哑、柔软或坚硬等，都是不同的肌理属性。肌理与材质的选用对造型效果及美感有着巨大的影响。因而，在造型过程中，有必要对材料肌理要素进行多方面的实践与研究，以获得造型的完美。

一、视觉肌理

　　视觉肌理是指绘画等方式的触觉不能感知，但视觉却能明显地辨认的画面造型外观纹路及其制作方法，也就是用眼睛看到而不是用手触摸到的肌理。它可以用手绘，也可以用各种别的方法获得。手绘的方法有平涂、晕染、干擦、撇笔、彩笔绘制、拓印、刮色、喷绘等。既有理性一点，有规律的制作办法，也有利用各种偶然因素的制作办法。通过各种肌理的润色与充实，可以使装饰造型获得事半功倍的视觉效果，使作品更加丰富多彩，诗意盎然。

装饰画　陆红阳作品

装饰画　李明伟作品

国外插图

陶艺 农 伟

陶器 谭殿峰

陶器 谭殿峰

二、触感肌理

触感肌理指既能视觉判断，又可以用手触摸到的造型表象纹路特征的造型表现方法。它与视觉肌理从存在形态上比较，视觉肌理多属于二次元造型范畴，触感肌理则属于三次元的造型范畴。不过，这种肌理构成方法，不仅可以应用在立体装饰造型上，也可以应用在平面装饰造型上。它的制作，可以通过对原材料施加拼贴或锤打等使表面纹路显现出凹凸不平，具有光影效果的视觉美感，从而达到丰富与深化视觉审美的目的。

在我们日常生活中常见的纸张、塑料、贝壳、图钉等杂物，尽管毫不起眼，但只要能够结合它们各自的形状、面积、质感、色泽等特点，做到因材施艺，就可以变废为宝，成为制作触感肌理的理想媒介。拼贴、镶嵌、刻线、挤压、编织、雕刻等各种各样的方法手段都可以运用到触感肌理的制作中去，充实造型的艺术效果，升华作品的审美品位并拓展新的造型领域。

现代装饰雕塑

树皮的肌理

《融》 陶艺 陈昭升

国外环境雕塑

《风的痕迹》 流整之（日本）

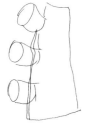

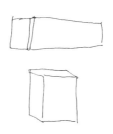

现代造型元素分析

08 中国各历史阶段的装饰造型特点

或因实用功能的需要，或因生产条件的发展，或因时代风尚的变化，中国历代以来装饰造型产生了不同的变化，并直接影响着艺术风格的变化。

史前时期的造型艺术存留到当代的以各种各样的陶器为主，以及各种石器和少量的牙雕、骨雕、染织、编织。史前时期的装饰造型，体现了实用和装饰的统一，其造型，是根据实用的需要而产生的。彩绘和刻画的装饰，多数具有原始艺术符号的特征，宗教和实用意义远远大于审美的意义。器皿的立体装饰，最先是作为器的部件，如盖钮、琉、把手、耳等，都是为了提升器物的实用价值。工艺技术的发展，石器的制作从打制到磨制，陶器的制作由捏制到轮制，都对造型产生了巨大的影响，使其从粗糙到精细，进而形成新的风格。

原始装饰造型，在抽象性的概括性上具有很高的艺术性，表现了我们的祖先对世界的感知和对美的形象追求的境界与智慧。原始图形的运用，通常是图腾符号表现在不同型状的器物上，它们的构图有规律性和实用性，既有节奏感又有它的韵律。

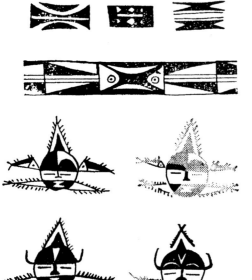

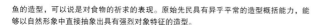

鱼的造型，可以说是对食物的祈求的表现。原始先民具有异乎平常的造型概括能力，能够以自然形象中直接抽象出具有强烈对象特征的造型。

商周时期的青铜器以其独特的造型、纹样和铸造技术闻名于世。商周是青铜器的辉煌鼎盛时期。根据用途不同，可分为烹饪器、食器、水器、杂器、兵器、乐器、工具等各类。商代的青铜器造型威严庄重，厚重坚实。周代则进入了一个尚质的阶段，装饰趋向规格简单，注重秩序和趋于质朴。

商代青铜器的装饰纹样，多为流行想象的动物纹，如饕餮纹、夔纹、龙纹、凤纹等。此外还有云雷纹、纺织纹、方格纹、联珠纹、弦纹等。周代的装饰纹样，则主要有窃曲纹、凤鸟纹、环带纹、重环纹、垂鳞纹、瓦纹，总的艺术风格质朴洗练、疏朗畅达，富于韵律感和节奏美。

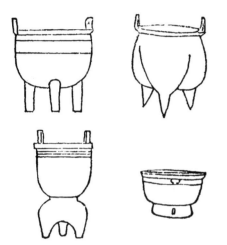

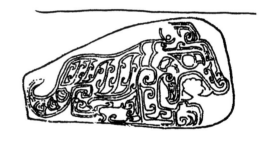

青铜器时代的商周装饰造型浑厚庄重。

春秋战国是诸侯割据、分争天下的动荡时期，也是奴隶社会与封建社会的交替时期，伴随着各诸侯国内的政治变革以及他们相互之间的兼并战争的不断进行，学术领域出现了百家争鸣的局面，社会思潮和文化艺术也达到了空前的繁荣。在工艺美术领域，冶金、陶瓷、染织、漆器等都有较大的发展，产生了许多造型优美、想象丰富的装饰艺术作品。各国的装饰艺术，既有时代的共同性，也反映了各地的地方性。如楚国的器皿造型曲中有直具劲健的特色，装饰题材富于幻想，多运用浪漫主义手法；秦国的器物则富于淳朴的美，具有现实主义的作风；郑国的精巧，燕国的古朴，赵国的浑厚，韩国的优雅，如同百花争艳显现了各自不同的艺术风格。

这一时期的手工制品形成了造型实用化、装饰图形生活化的特点。青铜器一改商周时期装饰纹样神秘、凝重的特征，而应用了更为生活化、理想化的装饰形象，并出现有故事情节的场景。动物、人物、几何纹、风景同时出现在一个图形中，这在前代是没有的。装饰造型出现了弧线形、斜线形、对称曲线形、平衡直线形等轻盈活泼、灵活多变的工整精密的造型样式，并出现了四方连续图案。显现出一方面继承了传统，另一方面力图摆脱传统，进行创新，把商周以来的怪兽纹抽象化和程序化，但又不放在主要的地位，而采用了许多当时的装饰图形造型。

秦代的工艺美术品有青铜器、漆器和陶器等。秦鼎的造型腹浅、矮蹄足。蒜头瓶和整则是秦代具有浓厚地方艺术特色的品种。秦代的漆器也十分发达，别具特色，造型十分优美。举世闻名的秦始皇兵马俑充分反映了秦代陶塑工艺的卓越技艺。这些陶俑陶马，体形高大，形态生动，威武壮观。

在陶器工艺中，还有久负盛名的秦代砖瓦。秦砖质地坚硬，常见装饰纹样有菱形纹、方格纹、回纹、卷云纹、三角云纹、S纹、圆璧纹、绳纹、粗布纹等。秦瓦则以卷云纹为主，变化多样，风格秀丽。秦代早期吏治清明，民俗淳朴，装饰造型具有敦厚质朴的艺术特色。

汉代装饰造型艺术则以画像石、画像砖、瓦当、漆器、金银器、帛画、织锦等闻名。汉代的画像石实际上是祠堂墓室等建筑的装饰画，反映了当时社会生活和思想的具体内容，形象生动，引人入胜，具有浑朴敦厚的艺术特点。画像砖的内容题材、形象造型和画像石大体相同，也具有浑朴的艺术特点。瓦当装饰纹样则有卷云纹、动物纹、四神纹、文字等几种，造型生动自然、劲健有力。漆器的装饰纹样造型也有云气纹、动物纹、人物纹、植物纹、几何纹等。不像战国时期以描写为主，而是更加程式化、图案化，注重装饰效果。总的来说，汉代的装饰风格，具有质、动、紧、味的特点。质为古拙而不呆板、朴质而不简陋；动为装饰造型的云气纹，飞禽走兽等具有劲健的生命力，使人产生一种动感；紧为其装饰造型满而不乱，多而不散；味则是指其具有独特的风格，即样式化的装饰美。在造型手法上，采用了剪影、分割、装饰、填充等各种灵活多样的方法。

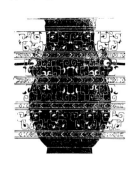
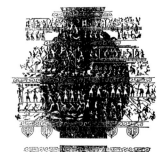

战国时期的装饰图案更为精致细密，到了汉代，造型发展为矫健浑厚。

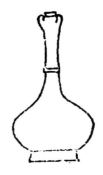

魏、晋、南北朝是上承西汉，下启隋唐的重要过渡时期，哲学思想中的玄学流行，玄学具有玄虚、恬静、超脱的特色，反映在装饰造型内容上，打破了过去的神兽云气的传统内容，反映出当时的宇宙观，形象具有清秀、空疏的艺术特点。

这一时期也是一个动荡战乱的时期，佛教的兴起成为人们的精神寄托，也为装饰艺术风格的形成注入了新的活力。许多雕像造型为威武霸气的金刚武士和温文尔雅的慈面佛。装饰造型中流行飞天、仙女形象、祥禽瑞兽、莲花和忍冬草图案，其中以飞天、莲花和忍冬草造型最具代表性。

飞天的造型多出现在壁画和石刻浮雕上，以群体组合，多和莲花、忍冬草一起构成画面。年轻优美而飘逸的美女，配以披肩长裙，形成了飞舞飘动的飞天形象。其构图表现多种多样，体态婀娜多姿，手持乐器、莲花、宝瓶等物品，面部表情丰富，造型优美，有很强的装饰性。

莲花纹自东晋、北魏以后开始流行。它和佛教的宗教意义结合起来，达到了极盛。莲花纹被大量运用在石刻、藻井、柱础、金银器、瓷器、铜器、砖瓦上，造型多以花头、花瓣、莲蓬的式样呈平稳的放射状，单瓣平行排列状，与飞天、忍冬草、各种飞禽共同组合成均衡的满构图。

忍冬草，亦称卷草纹，是六朝流行的一种植物纹，造型一般为三个叶片和一个叶片相对排列，变化式样多种。有单叶、双叶，有两叶顺向，有两叶相背。

从商周以动物纹为中心到魏晋、南北朝装饰形象以植物纹为主，反映了社会生产力的提高，人们在审美领域逐渐摆脱宗教意义和神化思想的束缚，而以自然花草为欣赏对象，思想上得到了解放。

唐代的装饰艺术造型，具有博大清新、华丽丰满的特点，富于情趣化，脱离了秦汉、南北朝以来的古朴的特色，一改从前以动物纹占主导地位的传统特色，开始面向自然，面向生活，富有浓厚的生活情趣，使人感到自由、舒展、活泼、亲切。造型上多采用较大弧度的外向曲线。如陶瓷、金银器等造型接近球体，人体也属于胖型，使人感到丰满圆润。植物纹样多以牡丹为形象，花卉纹组成与水波状的卷草，形态舒展，层次丰富，线条流畅，表现出生机勃勃、一派欣欣向荣的景象。唐代的装饰造型，较有代表性的是宝相花、团花、卷草、折枝花等形象。

宝相花是唐代独创的花卉造型，是牡丹、莲花和大丽花结合的产物，在能工巧匠的巧妙处理下，造型具有很强的形式感和程式化，花与叶形成疏密对比的适合纹样或二方连续纹样。形象稳定、丰满而富有变化，常用

于佛教壁画和雕刻上的装饰，是一种吉祥高贵和理想的花卉造型。

团花是围绕圆形而设计的适合图案造型，由不同的花果构成。图形均衡饱满，图多地少实多虚少，以曲线为主，布局均匀，轻重适宜，有丰富的空间层次感，极富装饰性。在藻井图案、佛光图案、织物图案、器皿图案上都可见到。

南北朝的卷草纹到唐代演变为繁复的样式，以二方连续波浪式的带状图案出现，造型动感强烈，饱满流畅，形象丰富，中间点缀鸟兽或仙女形象。

折枝花的图案造型是独立的，又称单独纹样图形，还常与云纹、飞鸟等组合成二方连续，四方连续或适合纹要以对称或均衡式的布局展开，虚实互补，和谐协调，疏密得当。其单纯、自由、美观的造型一直延用到今天。

结构造型元素

传统造型元素举例

57

09 国外传统装饰造型特点

国外传统装饰造型受环境因素、民族因素、宗教因素和各时代审美因素的影响，不同时代地域的装饰造型具有不同的特点。

古埃及装饰造型中的人物的身体呈正面，头部呈侧面，这是古埃及人"永恒"和"不变"的信念直接影响了装饰造型风格，装饰造型规律中的"常存的秩序"和"恒定的伦理"形成其独特的艺术风格。

古代埃及绘画人物造型身体是正面，头部是侧面。

　　非洲除东北部的埃及外，其他地区的装饰工艺也是极其独特和具有魅力的。尼日利亚境内的诺克赤塑像造型头部呈球柱状、圆柱状，眼睛呈三角形或圆周的切割形状，瞳子深陷，嘴唇厚，嘴巴张开，头部和躯体的比例按3：4的"非洲比例"塑成。贝宁文化的《母后青铜头像》造型简练概括又不失写实的风采，整个雕像给人安详而又不失威严的感觉。扎伊尔的巴卢巴族工艺装饰，不仅造型优美生动，而且形式严谨。整个非洲地区除埃及外，其装饰造型都保持了一定的原始特征，表现了古朴、雅拙、简洁、洗练和深沉的原始艺术气息，强烈而奔放，鲜明而简括，在世界范围内形成了独具一格的装饰风格。

非洲装饰造型古朴、雅拙，具有深沉的原始艺术气息。

两河流域地区是人类文明的发祥地之一，装饰艺术品有陶器、石雕、金属工艺品等，都取得了惊人的成就。其造型方面与埃及在某些方面形成了相似的风格，在数千年来基本保持着原始的传统，在形式派别与技法上的表现较为程式化，类似古埃及的"正身侧面律"在各种装饰造型中应用广泛，与别的地方不同的是，两河流域的装饰造型由于与当时人们生活环境的关系，始终离不开以动物形态为主要内容的基本创作方法。

两河流域的装饰造型和古代埃及有较多相似之处，但给人的感觉更为深厚，更具男性的力量。

两河流域地区的装饰造型多以动物为题材，具有程式化的特点，类似古代埃及的"正身侧面律"在造型中广泛应用。

重复和节律，是两河流域地区装饰造型风格的程式化特点之一。

　　伊斯兰装饰艺术是随着伊斯兰教在阿拉伯地区的传播而发展起来的，具有明显的宗教色彩和地区特征，在世界装饰艺术史中具有独特的地位。其造型以精致繁丽的装饰手法和精湛的工艺技巧及清新明快的色彩效果，显示了巨大的艺术魅力。由于伊斯兰教禁止偶像崇拜，因而具象而写实的装饰艺术形象难以得到发展，而表现在抽象性的繁缛而刻意的装饰效果上。其艺术风格更多地表现了世俗和欢愉，很少有压抑神秘的宗教气息，以植物纹样为主，形成了独特的阿拉伯纹样。在造型法则上注重整体与局部、弧线与直线、简洁与繁缛、造型与装饰、文字与形象的统一。

文字作为装饰造型出现，是伊斯兰装饰造型的特点之一。

伊斯兰装饰造型形态非常丰富细腻，以纹样装饰达到了繁缛的地步。

印度的装饰艺术有印度教装饰艺术和佛教装饰艺
术，造型和装饰形式丰富多彩。装饰艺术造型具有宗教
性、丰富性、象征性、神秘性、官能性、韵律性的特
点。宗教性是指印度装饰艺术自始至终充满宗教色彩；
丰富性指印度装饰造型的风格、手法、形式多样；象征
性是指印度装饰艺术形象所具有的宗教精神和象征功
能；神秘性是指其形象蕴涵了富于哲理的宗教意义以及
抽象的造型和含蓄的色彩，极其单纯的形式，给人以神
秘的感觉。官能性，是指通过对有关器官的突出表现而
体现的其对生殖的崇拜及对性的直接表现的特征；韵律
性则是指其造型夸张、纹饰活泼、线条富于动感，而具
有的节奏的韵味。

造型在光影的效果下显得更加神秘。

圆润的造型，使印度装饰造型具有官能性的特点

与宗教的结合，使造型更具宗教性。

現代设计造型丛书 ┃ + 装饰设计造型

美洲的玛雅文化、阿美特克文明、印加文明成就丰富卓越。古代美洲的日常工艺品的装饰造型自然而平凡地反映了人性中淳朴的情感。大型建筑和雕刻则显得悲壮而诡奇。装饰艺术和其他地区一样具有宗教的神秘主义色彩，其造型设计和装饰纹样追求丰富多变的艺术效果，对人物、动物形象和其他自然形态进行了大胆的夸张和抽象化的处理。

古代美洲装饰造型往往夸张化，更具神秘感。

大洋洲的装饰艺术有澳大利亚土著人、新西兰士著人和三大群岛的装饰艺术，受其大洋环境的影响，金属工艺和陶器发展滞后，但丰富的植物、贝壳和石料，为其木工艺、编织工艺、贝制品及石工艺的发展和兴盛提供了良好的条件。装饰造型基本是围绕图腾崇拜为中心而展开，具有强烈的宗教性。反映出稚拙、古朴、简洁、强烈而坚韧的原始艺术气质，形成了鲜明的装饰风格。

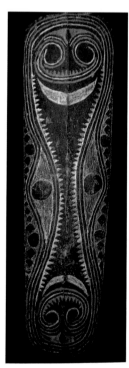

大洋州装饰艺术造型具有强烈的原始气息。

   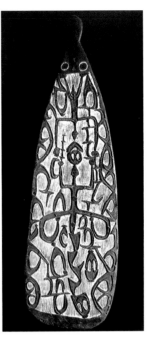

　　古代希腊创造了神话般的文明。古代希腊和中国的奴隶社会同样是青铜器时代。中国古代青铜器充满着威严和冷峻之感，而希腊的却洋溢着轻盈活泼、生机盎然的风采。富于想象力的希腊神话是古希腊装饰艺术的精神资源，且具有一定的"民主主义"和"人本主义"思想的影响。古希腊的陶器在制作工艺和装饰效果上都达到了极其完美的程度，是立体与平面、造型与装饰、实用与审美的结晶，不仅具有美的视觉，同时具有美的触觉。古希腊的装饰艺术造型在发达的美学思想指导下，创造出优美、典雅、和谐的古典美的标准，并将这一标准体现在装饰造型的比例、构成要素之中，从而获得了美的形式和优雅的气质，为日后罗马乃至欧洲其他地区的艺术发展奠定了基础。

古代希腊和古代罗马的艺术造型几乎达到完美的程度。

　　古代罗马在材质运用、造型设计和装饰纹样及制作方面，都有了极大的发展，具有浓郁的人文主义色彩。装饰形象以人作为主体，具有浪漫的情趣和文化的内涵，强调立体性的表现并具有享乐主义的气质，尤其是宫廷造型艺术豪华奢丽、精致细腻，刻意追求装饰性的细节表现。古罗马的装饰艺术既表现了强烈奔放、豪华奢丽的风貌，又体现出和谐典雅的美感，为后来欧洲的装饰审美准则构筑了坚实的基础。

　　西罗马帝国灭亡后至文艺复兴时期的中世纪，是宗教的时代。装饰艺术可以说是宗教的产物。带有明显的宗教性质可以说是中世纪工艺美术共有的特点。这时期与宗教相关的装饰艺术得到了发展，整个装饰艺术的格调表现出冷峻而肃穆、庄严而压抑的气息。

中世纪装饰造型具有拙朴、深沉、宗教性的特点。

现代设计造型丛书 | +装饰设计造型

　　文艺复兴时期的装饰造型则呈现出庄重典雅、和谐含蓄、充满古典意蕴和世俗情调的风格。此后的巴洛克风格在装饰艺术中起到了承前启后的作用。造型风格强烈奔放、豪华壮观、奇诞诡谲、气势磅礴，充满着阳刚之气，注重雄伟恢宏的表现，形式多变而具有生命力。后期一部分作品则进入了铺张浮华、俗艳绮靡的风格特征。巴洛克艺术发展为后来的罗可可纤细、轻巧、华丽和繁缛的装饰特征。

巴洛克艺术对建筑也产生了深厚的影响。

10 作品赏析

这是陆红阳教授创作的几幅装饰画。陆教授毕业于清华大学美术学院，在装饰基础方面有较深的造诣，在此我们可以看到他不同时期的装饰造型风格，他的作品前期以造型图案化，简洁概括、富有民族特点为主要特征，后期则随意夸张，富有现代特点。

放成

日本陶艺作品

袁筱蓉的《鱼系列》陶器作品，造型简洁，应用了较多的几何简单形的元素，在此，我们可以看到，现代特点和民族特色并不矛盾。

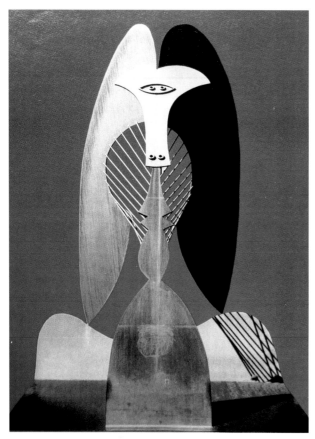

现代装饰造型的一个特点是简约而不简单，在简约的造型背后，蕴涵着深刻的意味。

复杂近似于偶然效果的造型，这种造型需要较好的组织安排，否则容易显得杂乱。

线和面是现代装饰造型中应用较为广泛的元素，它们的气质特征也因不同的组织与形体变化而具有丰富的内涵。

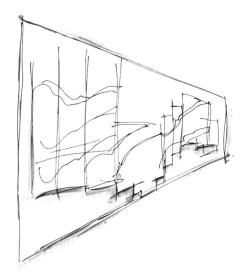

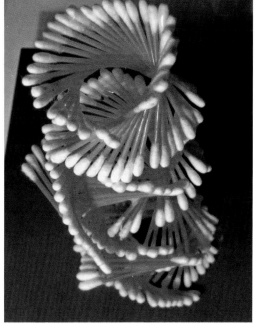

单个的造型未必一定要非常巧妙精彩，从上述例子我们可以看到，即使是平淡无奇的造型，经过巧妙精心的组织安排，同样可以富有艺术感染力。

现代造型简约，原始时代的造型符号化，中国画造型的线条韵味，这些风格特征，都可以吸纳到装饰造型的创作中去。

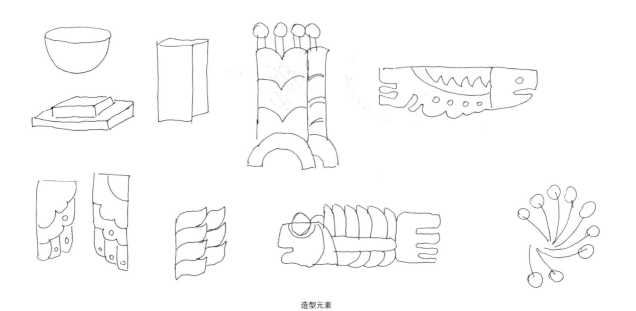

造型元素

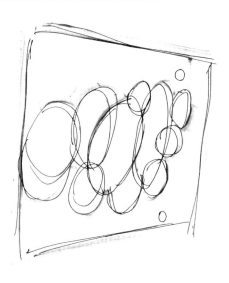 

形与形之间的穿插、联系

造型元素

＋装饰设计造型　　现代设计造型丛书

造型的结构并非只是指解剖学上的肌体组织，更多的是指形体的框架与外轮廓，以及它们相互之间的关系。

现代国外的插画，看起来感觉比较轻松活泼，随意，但同样讲究造型的结构。

现代装饰的造型，同样出现了符号化的倾向。

从本页作品可以看出肌理、材质、色彩等方面的因素，对造型的表现起着很大的影响作用。

想象力是造型的关键因素，缺乏想象力的造型，即使线条、轮廓再准确也会显得缺乏生气，相反，充满想象力的作品，即使造型再随意也能让人感觉生气盎然。

形象相互结合并大胆打破，给人于无限想象的余地。

现代设计造型丛书 ｜ +装饰设计造型

XIANDAI SHEJI ZAOXING CONGSHU · ZHUANGSHI SHEJI ZAOXING

83

简练化的造型

夸张的造型

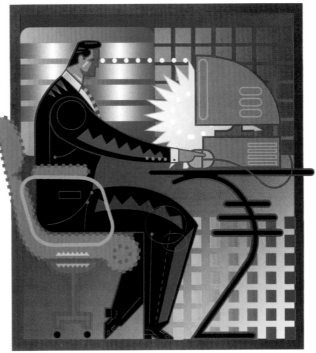

国外插图　装饰化的造型

国外插图　丰富的造型

国外插画

国外插画

现代设计造型丛书 ｜ + 装饰设计造型

现代设计造型丛书 ｜ +装饰设计造型

XIANDAI SHEJI ZAOXING CONGSHU · ZHUANGSHI SHEJI ZAOXING

国外插画

传统剪纸艺术造型

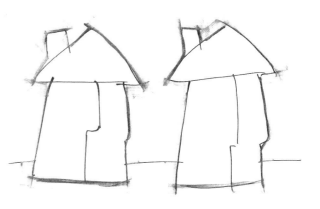

国外插画

覃凤云

这几幅装饰画作品造型是以显示形象中概括出来的形象。

林　竞

高豫洁

林玉婷

色块的搭配运用，使造型形态更加丰富。

李勇强

毛晶晶

造型简练，注重画面组织。 黄 娆

现代设计造型丛书 ┃ +装饰设计造型

色块本身也是造型元素。

写实的造型结合丰富的想象。　牟　炼

韦　慧

梁智刚

付慧珍

或者幽默，或者大胆想象的造型，赋予作品丰富的魅力。

唐祯固

钟良妮

高璐

梁 天

凌雪梅

李建平

陈文丽

陶艺 唐轶估

木雕 李明灵

陶艺 秦艳红

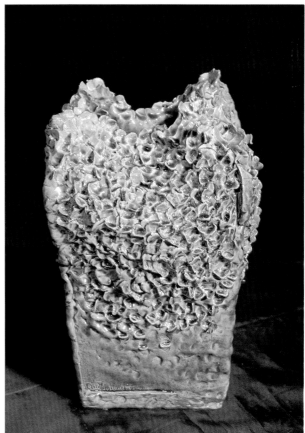

陶艺 秦艳红

装饰设计造型

现代设计造型丛书

《陶壶系列》 陶艺 李明炅

木雕 李 哲

学生作品

木雕　唐殿峰

学生作品

木雕　陈昭升

陶艺 谭殿峰

木雕 农伟

《融》 陶艺 陈昭升

木雕 谭殿峰

陶艺 农伟

《敬》木雕 谭殿峰

木雕 陈昭升

木雕 农伟

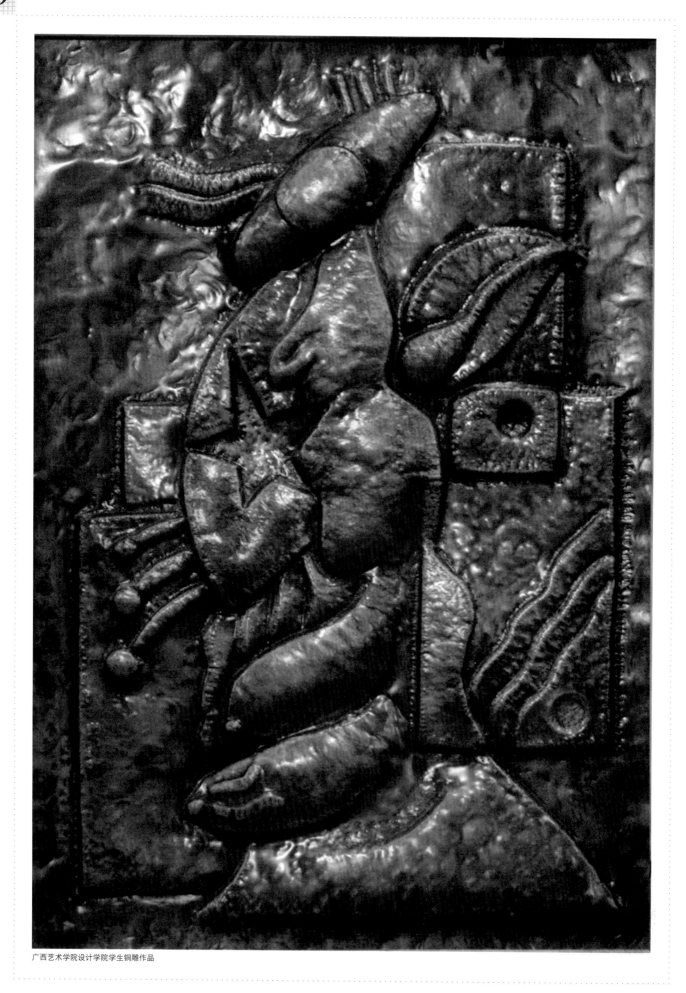

广西艺术学院设计学院学生铜雕作品

学生作品

学生作品

学生作品

陶艺 农伟

图书在版编目（CIP）数据

装饰设计造型/陆红阳等主编.—南宁：广西美术出版
社，2007.5
　（现代设计造型丛书）
　ISBN 978-7-80746-055-8

Ⅰ.装… Ⅱ.陆… Ⅲ.装饰美术-造型设计 Ⅳ.J525

中国版本图书馆CIP数据核字（2007）第067754号

艺术顾问：　黄格胜 李绍中
主　　编：　陆红阳　喻湘龙
本册著者：　袁筱蓉
策　　划：　姚震西
责任编辑：　白　桦　钟志宏
装帧设计：　白　桦
丛 书 名：现代造型设计丛书
书　　名：装饰设计造型
出　　版：广西美术出版社
地　　址：南宁市望园路9号（530022）
发　　行：广西美术出版社
制　　版：深圳雅佳彩制版有限公司
印　　刷：南宁嘉彩印务有限责任公司
版　　次：2007年12月第一版
印　　次：2007年12月第一次印刷
开　　本：1/16　889×1149mm
印　　张：6.75
书　　号：ISBN 978-7-80746-055-8/J·770
定　　价：38.00元